第三名

第一名

崔崔

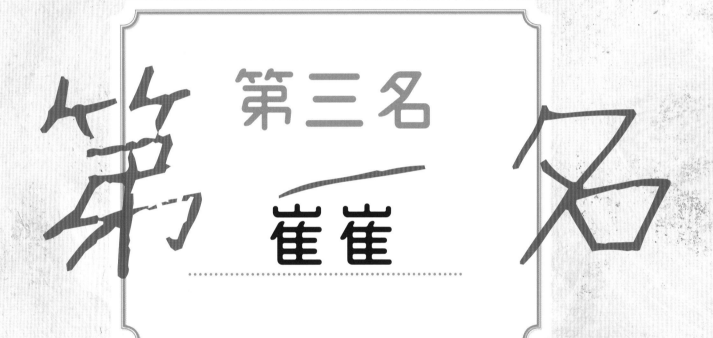

獻給流下銀色眼淚的女孩

文、圖／艾倫‧布雷比 ｜ 譯／黃筱茵 ｜ 主編／胡琇雅 ｜ 美術編輯／吳詩婷

董事長／趙政岷 ｜ 編輯總監／梁芳春

出版者／時報文化出版企業股份有限公司

108019台北市和平西路三段240號七樓

發行專線／（02）2306-6842

讀者服務專線／0800-231-705、（02）2304-7103

讀者服務傳真／（02）2304-6858

郵撥／1934-4724時報文化出版公司

信箱／10899臺北華江橋郵局第99信箱　統一編號／01405937

copyright © 2017 by China Times Publishing Company

時報悅讀網／www.readingtimes.com.tw

電子郵件信箱／ctliving@readingtimes.com.tw

法律顧問／理律法律事務所 陳長文律師、李念祖律師

Printed in Taiwan

初版一刷／2017年10月

初版十一刷／2022年11月

豬豬

圖 & 文｜艾倫·布雷比 Aaron Blabey

譯｜黃筱茵

巴戈狗豬豬
我不得不說
如果他沒贏
整天都完蛋。

是的， 豬豬第一名。
他就是非得贏。
啥都無法擋。
喔， 該怎麼說好？

信ㄒㄧㄣ不ㄅㄨˋ信ㄒㄧㄣ由ㄧㄡˊ你ㄋㄧˇ，
他ㄊㄚ很ㄏㄣˇ難ㄋㄢˊ打ㄉㄚˇ贏ㄧㄥˊ。

原因很簡單……

是的，豬豬會作弊。

如果他真的比輸，
會大發脾氣。
他會尖叫他會哭泣，
怎樣都不停。

他會嗚嗚嗚再咿-咿-咿-，
下巴抖個不停，
直到你認輸，跟他說：
「好啦。算你贏。」

可是只要你一說出口，
他就會拍手又跺腳，
反覆大聲講個不停，
說他是第一名。

崔崔跟他說：

「我們只要玩得開心就好。」

可是豬豬會回答——

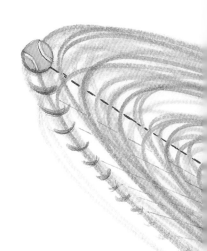

「除非我贏，否則才不好玩！」

一天晚上，晚餐時間，
豬豬開心大喊：
「誰吃得比較快？
我打賭我會贏！」

崔崔害羞的說：「我不想比賽。」
可是豬豬高聲吶喊：

「開始！」

就把嘴巴塞得滿滿。

他吃下狗食。
吞掉大塊食物。
他的臉沾滿餅乾和口水。

他啃了三根香腸——
全是超大 size！
接著又吃掉狗狗美食，
用力咬啊咬，嚥下所有碎肉。

所有東西他都在一分鐘內解決。

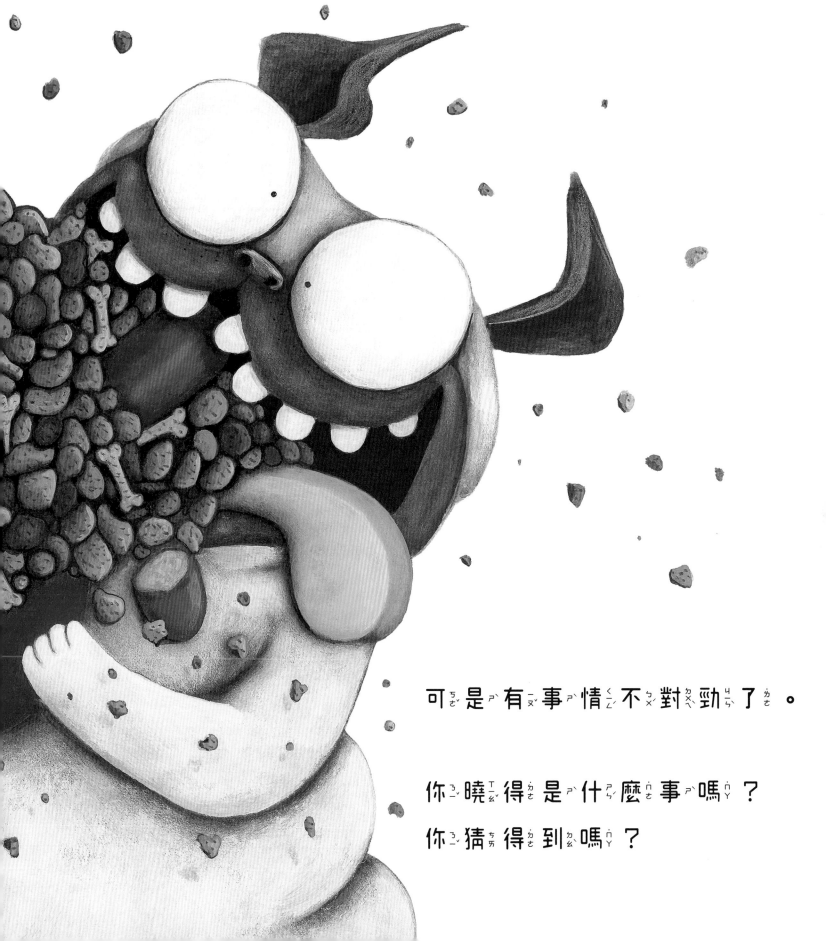

可ㄎㄜˇ是ㄕˋ有ㄧㄡˇ事ㄕˋ情ㄑㄧㄥˊ不ㄅㄨˋ對ㄉㄨㄟˋ勁ㄐㄧㄣˋ了ㄌㄜ˙。

你ㄋㄧˇ曉ㄒㄧㄠˇ得ㄉㄜˊ是ㄕˋ什ㄕㄣˊ麼ㄇㄜ˙事ㄕˋ嗎ㄇㄚ˙？
你ㄋㄧˇ猜ㄘㄞ得ㄉㄜˊ到ㄉㄠˋ嗎ㄇㄚ˙？

因ㄧㄣ為ㄨㄟ他ㄊㄚ忙ㄇㄤ著ㄓㄜ
把ㄅㄚ食ㄕ物ㄨ塞ㄙㄞ滿ㄇㄢ嘴ㄗㄨㄟ，
豬ㄓㄨ豬ㄓㄨ沒ㄇㄟ有ㄧㄡ發ㄈㄚ現ㄒㄧㄢ……

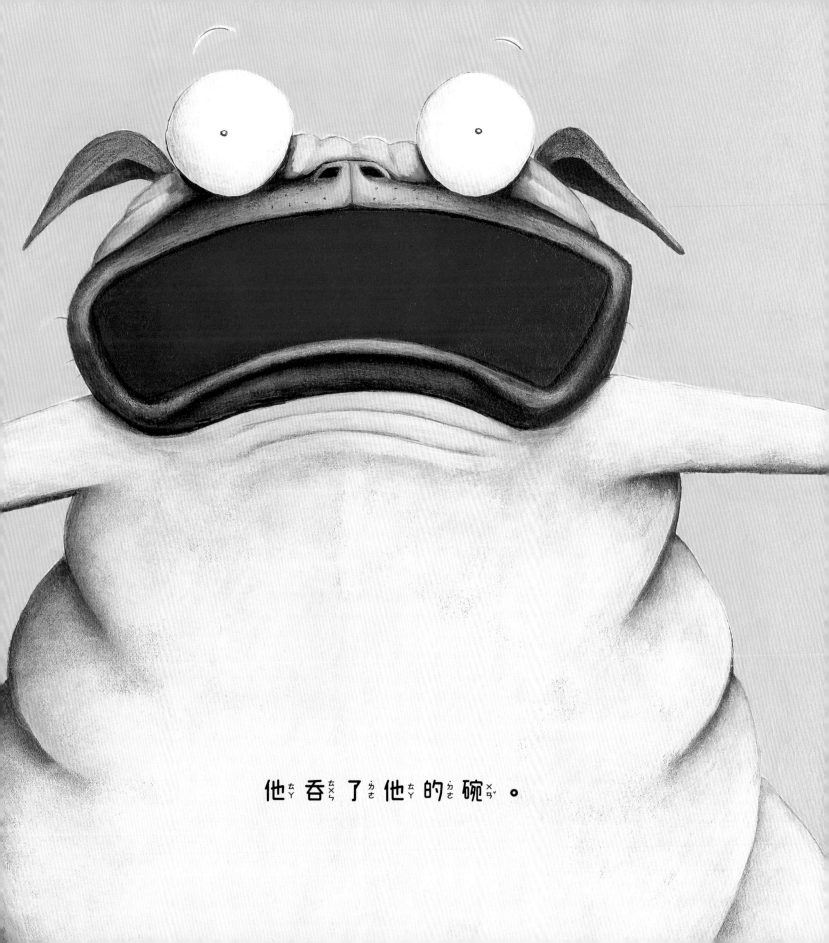

他_{ㄊㄚ}吞_{ㄊㄨㄣ}了_{ㄌㄜ}他_{ㄊㄚ}的_{ㄌㄜ}碗_{ㄨㄢ}。

豬豬很幸運，
崔崔知道該怎麼辦。
豬豬還沒臉色發青前，
他趕快把碗擠出來。

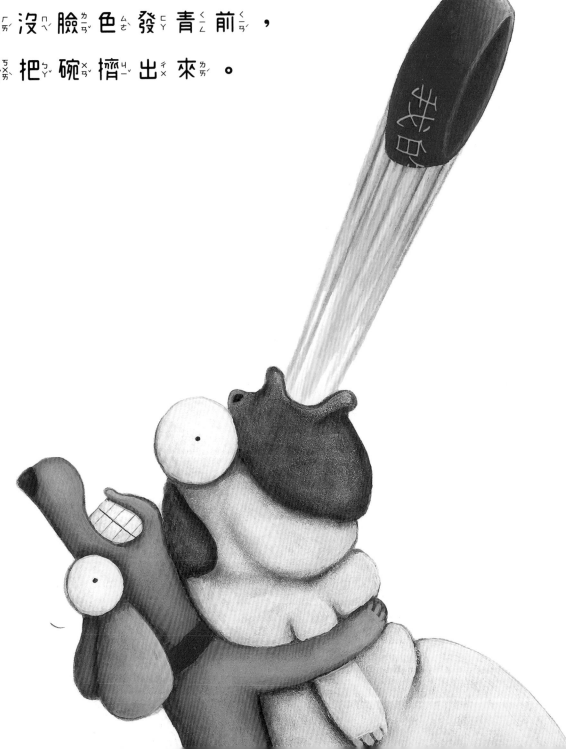

可是豬豬並沒有感謝他！
他只顧著說：

「是我贏！」

碗ㄨㄢˇ馬ㄇㄚˇ上ㄕㄤˋ彈ㄊㄢˊ了ㄌㄜ回ㄏㄨㄟˊ來ㄌㄞˊ……

…… 把ㄅㄚˇ豬ㄓㄨ豬ㄓㄨ打ㄉㄚˇ進ㄐㄧㄣˋ垃ㄌㄜˋ圾ㄙㄜˋ桶ㄊㄨㄥˇ。

現在日子變得不同，
我很開心的說。
每次他們一起玩
豬豬不一定都會贏。

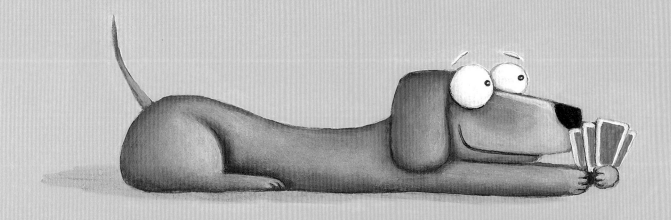

他玩遊戲是為了開心，
脾氣也暫停。
是的，現在崔崔可以贏了！

這個嘛，至少有時候沒問題。